MW00929904
This Book
Belongs To

NOTE : **DATE : ....**

NOTE : **DATE : ....**

NOTE : **DATE : ………………..**

NOTE : **DATE : ....**

NOTE : **DATE : ....**

NOTE : **DATE : ....**

NOTE : **DATE : ....**

NOTE : **DATE : ....**

NOTE : **DATE : ....**

NOTE : **DATE : ....**

NOTE : **DATE : ....**

NOTE : **DATE : ....**

NOTE : **DATE : ....**

NOTE : **DATE : ....**

NOTE : **DATE : ....**

NOTE : **DATE : ....**

NOTE : **DATE : ....**

NOTE : **DATE : ....**

NOTE : **DATE : ....**

NOTE : **DATE : ....**

NOTE : **DATE : ....**

NOTE : **DATE : ....**

NOTE : **DATE : ....**

NOTE : **DATE : ....**

NOTE :

DATE : ....

NOTE : **DATE : ....**

NOTE : **DATE : ....**

NOTE : **DATE : ....**

NOTE : **DATE : ....**

NOTE : **DATE : ....**

NOTE : **DATE : ....**

NOTE : **DATE : ....**

NOTE : **DATE : ....**

NOTE : **DATE : ....**

NOTE : **DATE : ....**

NOTE : **DATE : ....**

NOTE : **DATE : ....**

NOTE : **DATE : ....**

NOTE :

DATE : ....

NOTE : **DATE : ....**

NOTE : **DATE : ....**

NOTE : **DATE : ....**

NOTE : **DATE : ....**

NOTE : **DATE : ....**

NOTE : **DATE : ....**

NOTE : **DATE : ....**

NOTE : **DATE : ....**

NOTE : **DATE : ....**

NOTE : **DATE : ....**

NOTE : **DATE : ....**

NOTE : **DATE : ....**

NOTE : **DATE : ....**

NOTE : **DATE : ....**

NOTE : **DATE : ....**

NOTE : **DATE : ....**

NOTE : **DATE : ....**

NOTE : **DATE : ....**

NOTE : **DATE : ………………**

NOTE : **DATE : ....**

NOTE : **DATE : ....**

NOTE : **DATE : ....**

NOTE : **DATE : ....**

NOTE : **DATE : ....**

NOTE : **DATE : ....**

NOTE : **DATE : ....**

NOTE :

DATE : ....

NOTE : **DATE : ....**

NOTE : **DATE : ....**

NOTE : **DATE : ....**

NOTE : **DATE : ....**

NOTE : **DATE : ....**

NOTE : **DATE : ....**

NOTE : **DATE : ....**

NOTE : **DATE : ....**

NOTE :

DATE : ....

NOTE : **DATE : ....**

NOTE : DATE : ....

NOTE : **DATE : ....**

NOTE :

DATE : ....

NOTE : **DATE : ....**

NOTE : **DATE : ....**

NOTE : **DATE : ....**

NOTE : **DATE : ....**

NOTE :

DATE : ....

NOTE : **DATE : ....**

NOTE : **DATE : ....**

NOTE : **DATE : ....**

NOTE : **DATE : ....**

NOTE : **DATE : ....**

NOTE : **DATE : ....**

NOTE : **DATE : ....**

NOTE : **DATE : ....**

NOTE : **DATE : ....**

NOTE : **DATE : ....**

NOTE : **DATE : ....**

NOTE : **DATE : ....**

NOTE : **DATE : ....**

NOTE : **DATE : ....**

NOTE : **DATE : ....**

NOTE : **DATE : ....**

NOTE : **DATE : ....**

NOTE :

DATE : ....

NOTE : **DATE : ....**

NOTE : DATE : ....

NOTE : **DATE : ....**

NOTE :

DATE : ....

NOTE : **DATE : ....**

NOTE : **DATE : ....**

NOTE : **DATE : ....**

NOTE : **DATE : ....**

Made in the USA
Monee, IL
07 May 2022